Isolde Ohlbaum

Peter Handke

Isolde Ohlbaum und Peter Handke, Tusculum bei Rom, 1977,
photographiert von Digne Meller Marcovicz

Isolde Ohlbaum

Peter Handke

Ein Langzeitportrait
1975–2024

Mit 150 Photographien von Isolde Ohlbaum
sowie einem Vorwort von Frank Wierke
und Texten von Peter Handke

Schirmer/Mosel

Inhalt

Vorwort

FRANK WIERKE

Wie wundersam fängt dieses Buch an: mit den einzigen Photos, die nicht von Isolde Ohlbaum sind. Aber sie beweisen Bedeutsames. Auf dem ersten Bild ist eine junge Frau zu sehen, mit einer Kamera, wie eine natürliche Selbstverständlichkeit, in der Hand. Sie steht neben dem, den sie ihr Leben lang photographisch begleiten wird. Ihn kennen wir. Er ist Anfang 30 und da, Mitte der 70er Jahre, bereits ziemlich berühmt, berüchtigt.

Auf dem zweiten Bild ist er, der (bewusst, unbewusst?) zentrale Präsenz ausstrahlt, Teil einer kleinen Gruppe. Und sie gehört dazu. Alle wissen es: Hier steht eine Photographin, eine Künstlerin, die uns nicht schnell vermessen, abbilden will (und dann zum nächsten Auftrag eilt), nein – sie liest unsere Gedichte, Bücher sehr genau und nimmt diese Erfahrungen, dieses Wissen mit hinein in den Prozess der Aufnahmen.

In diesem Buch kommen wir Isolde Ohlbaum selbst sehr nahe, in ihrer Konzentration auf einen dieser besonderen Menschen, seinem Werk, seiner Spur in einem halben Jahrhundert: Peter Handke.

Sie photographiert ihn in der Natur, in Gärten, Räumen, oft umgeben von Gleichgesinnten, in intensiven Gesprächen, nachdenklich, vortragend, bei Feierlichkeiten. Es scheint am Anfang wie in einer endlosen Ferienzeit. Meist hat er ein Buch, ein Notizheft in der Hand, (wie sie die Kamera: griffbereite Verlängerungen ihrer beider Selbst, bereit zum Aufzeichnen).

Er kommt leger in Jackett, später im Anzug daher. Spielt Fußball. Schwimmt immer wieder. Raucht. Schläft. Wandert, schlendert herum. Lacht ausgelassen und entspannt. Scheint gesellig und auch wieder nicht. Hat ein kleines Mädchen, seine Tochter, huckepack.

Nach und nach legt Isolde Ohlbaum Zeugnis ab, von Peter Handke, von ihrer Kunst und von sich selbst. Davon erzählen diese 150 Photos ebenfalls: wie er, Peter Handke, ihr vertrauen wird.

Ihm, dem sehr genauen Beobachter (das weiß man, wenn man seine Bücher kennenlernt), fällt sicherlich bereits bei der ersten Begegnung ihr Verhalten auf, das Agieren mit der Kamera, die bei ihr ein zartes Werkzeug ist. Sie muss nicht erst ein Gefühl für die Situation entwickeln; sie bringt es mit. Sie weiß um die heikle sensorische Balance zwischen Nähe und Distanz. Sie liest seine Bücher.

Es beginnt 1975 mit dem Petrarca-Preis und seinen Festen in Südfrankreich, dann Italien; die Photographin bewegt sich taktvoll, im Takt, zugehörig und vertraut inmitten von Dichtern, Künstlerinnen, Büchermenschen, Feiernden und nimmt mit großem Gespür die besonderen, ja familiären Stimmungen auf, verwandelt sie in gültige Bilder, die Kunst und dokumentarisch zugleich sind. Allein bei diesen Preis-Festen und dem Darumherum werden Isolde Ohlbaum und Peter Handke sich vierzig Jahre begegnen.

Was für eine Leistung, die ganzen Jahre hindurch, so hartnäckig aufmerksam zu sein, geduldig die Kraft zu haben: da zu sein, mitzureisen, zu wissen um die Bedingungen und Möglichkeiten.

Jedes Mal, wenn sie ihn wiedersieht, wird er auch ein Stück berühmter, kritisierter, gefeierter sein. Auf jeden Fall verändert? Sie nimmt es wahr und findet neue Bilder.

Ja, so geht es mit den Beiden, denke ich mir, hinter den Kulissen, die es nicht gibt.

Er schreibt das lange Gedicht an die Dauer und darin:

> *Dauer ist der Fall,*
> *wenn ich an dem Kind,*
> *welches kein Kind mehr ist*
> *– vielleicht schon ein Greis –,*
> *die Augen des Kindes wiederfinde.*

Wir blättern die letzten Seiten um und es ist ein halbes Jahrhundert vergangen – darin diese zwei Menschen, die sich in ihren Berührungspunkten treu geblieben und gewissermaßen in ihren Künsten füreinander da sind. Diese Magie entdecken wir so wunderbar in diesem Buch.

I.

1975–1984

1 von links: Irmgard Born, Nikolas Born, Peter Handke, Christoph Meckel, Isolde Ohlbaum, Rémuzat/Provence, 1975, photographiert von Lilo Fromm

2 Peter Handke in der Oule/Provence, 1975

3 Nikolas Born und Peter Handke in der Oule/Provence, 1975

4 Auf der Fahrt zum Mont Ventoux/Provence, 1975

5 von links: Hubert Burda, Maleen Brinkmann, Peter Handke beim 1. Petrarca-Preis auf dem Mont Ventoux, 1975

6 von links: Nikolas Born, Maleen Brinkmann, Peter Handke,
Michael Krüger und Bazon Brock in Carpentras/Provence, 1975

7 von links: Peter Handke mit Tochter Amina, Bazon Brock und Nikolas Born bei der Ankunft im Hotel in Padua, 1976

8 Peter Handke mit den Petrarca-Preisträgern Ernst Meister und Sarah Kirsch, Hotel Altichiero in Padua, 1976

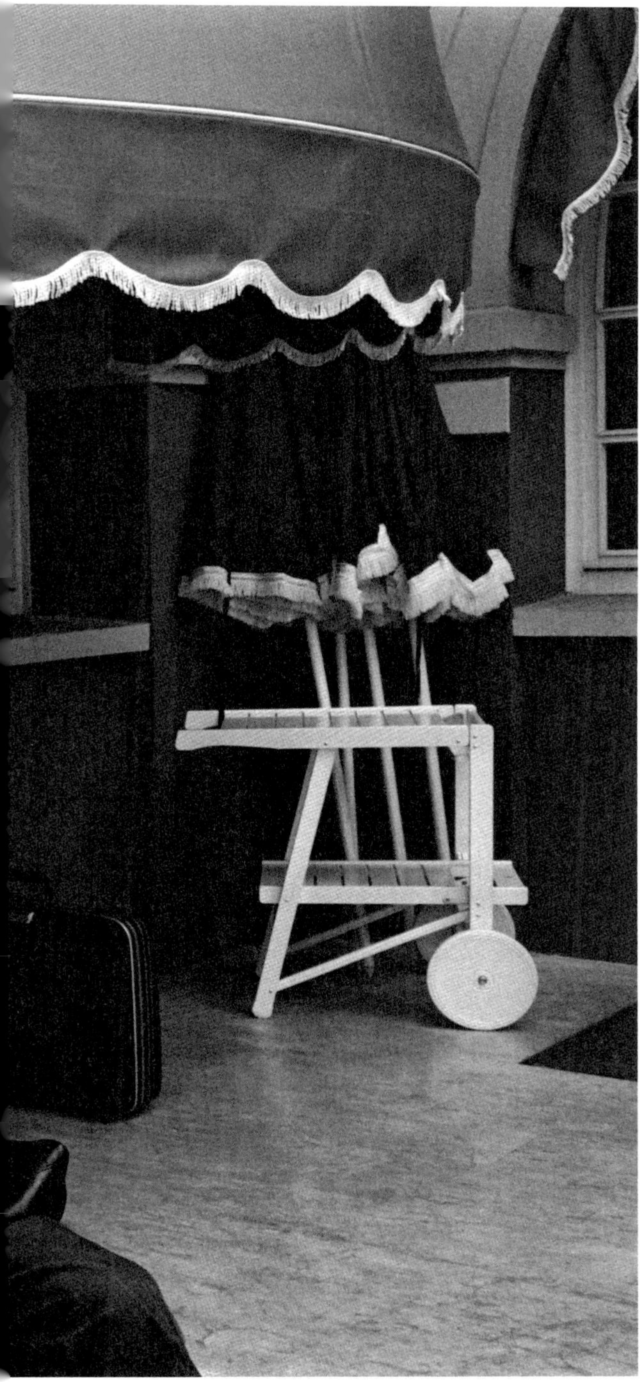

9 von links: Christian Derschau, Oskar Pastior, Urs Widmer, Sarah Kirsch, Karin Kiwus und Peter Handke im Hotel Villa Altichiero in Padua, 1976

10 Peter Handke mit Tochter Amina in Venedig, 1976

11 Mit Tochter Amina, Venedig, 1976

12 Mit Hubert Burda im Garten der Villa Aldobrandini in Frascati, 1977

13 Im Garten der Villa Aldobrandini in Frascati, 1977

14 von links: Annamirl Bierbichler, Nikolas Born, Herbert Achternbusch,
Paul Wühr und Peter Handke in Tusculum, 1977

15 Peter Handke in Tusculum, 1977

16 Im Teatro Romano in Tusculum, 1977

17 In Siena, 1978

18/19 In Siena, 1978

20 Beim Fußballspielen im Garten
der Certosa di Maggiano in Siena, 1978

21/22 Mit Moritz Kirsch im Garten der Certosa di Maggiano in Siena, 1978

23 Im Garten der Certosa di Maggiano in Siena, 1978

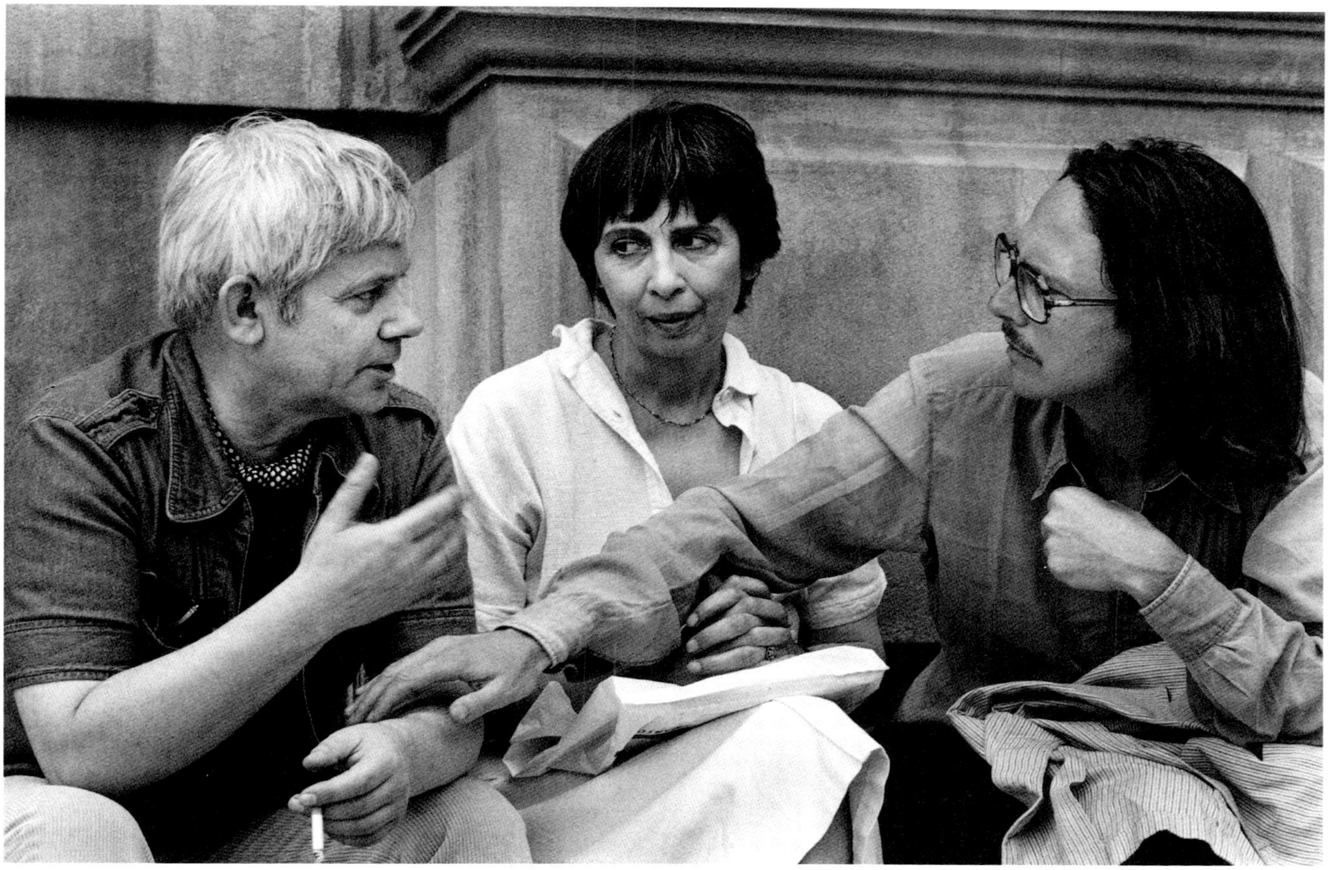

24 Petrarca-Preisträger Zbigniew Herbert, Katarzyna Herbert und Peter Handke, Palazzo del Te in Mantua, 1979

25 In Verona, 1979

26 In Verona, 1979

27 In Florenz, 1980

28 von links: Peter Handke, Gregor von Rezzori und Hubert Burda in Donnini/Toskana, 1980

29 Mit Michael Krüger im Garten der Villa Le Rondini in Florenz, 1980

30 von links: Oskar Pastior, Lars Gustafsson, Michael Krüger, Peter Handke und Peter Hamm im Garten der Villa Le Rondini in Florenz, 1980

31 Im Garten des Hotels Villa Michelangelo, im Hintergrund Alfred Kolleritsch, Vicenza, 1981

32 Im Garten des Hotels Villa Michelangelo in Vicenza, 1981

33 Im Garten des Hotels Villa Michelangelo in Vicenza, 1981

34 Mit Ilse Aichinger im Garten von Schloss Salis in Soglio, 1982

35 von links: Peter Handke, Wolfgang Ebert, Ilse Aichinger und Joachim Kaiser
im Garten von Schloss Salis in Soglio, 1982

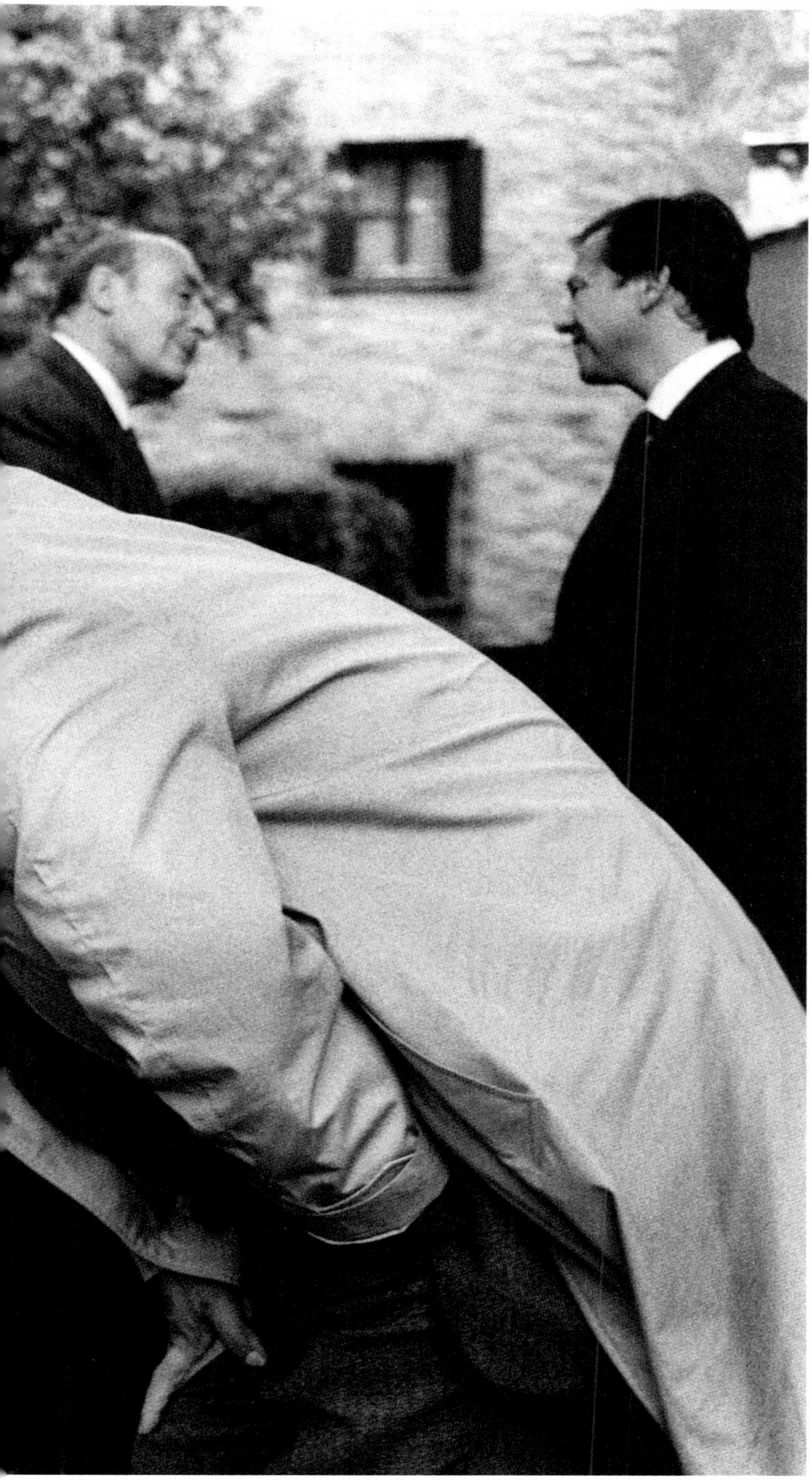

36 In Sils Maria/Engadin, 1982

37 Im Garten der Basilika Sainte-Marie-Madeleine in Vézelay/Burgund, 1983

38 Im Garten der Basilika Sainte-Marie-Madeleine in Vézelay/Burgund, 1983

39 Im Garten der Basilika Sainte-Marie-Madeleine in Vézelay/Burgund, 1983

40 Am Mikrofon bei einer Matinee zu Ehren von Ludwig Hohl.
(Projektion im Hintergrund: Portrait Ludwig Hohl) Zürich, 1984

41 von links: Martin Lüdke, Peter Handke und Reiner Speck auf dem Mont Ventoux, 1984

42 Auf dem Mont Ventoux, 1984

43 In Fontaine-de-Vaucluse, Provence, 1984

44–46 Im Kloster von Villeneuve/Avignon, 1984

II.

1987–1995

47 In Asolo, 1987

48 Peter Handke mit Petrarca-Preisträger Hermann Lenz und Siegfried Unseld in Asolo, 1987

49 In der Villa Emo in Fanzolo di Vedelago, 1987

50 In Asolo, 1987

51 In La Neuveville am Bielersee in der Schweiz, 1987

52 von links: Gustav Januš, Michael Krüger und Peter Handke
im Garten des Castel San Floriano del Collio, 1988

53 In Triest, 1988

54 Im Schloss Duino, Triest, 1988

55 Mit Petrarca-Preisträger Philippe Jaccottet in Aquileia/Venezien, 1988

56 Im Garten des Castel San Floriano del Collio, 1988

57 Mit Hermann Lenz in Gattaiola/Lucca, 1989

58 Mit Gerhard Meier in Pisa, 1989

59 Im Swimmingpool des Hotels Villa la Principessa in Lucca, 1989

60 Mit Petrarca-Preisträger Jan Skácel in Lucca, 1989

61 In Pisa, 1989

62 von links: Inge Feltrinelli, Sophie Semin, Peter Handke, Alfred Kolleritsch und Gabriele Kolleritsch in der Villa Feltrinelli in Villadeati, 1990

63 Im Piemont, 1991

64 Peter Handke mit Töchterchen Léocadie auf dem Landgut von Giovanni Cantoni in Modena, 1992

65 Mit Léocadie in Modena, 1992

66 In Modena, 1992

67 In Modena, 1992

68 Mit Sophie Semin und Töchterchen Léocadie in Modena, 1992

69 Mit Michael Krüger in Modena, 1992

70 von links: Felix Philipp Ingold, Genadij und Irina Ajgi,
Peter Handke und Karl Dedecius in Perugia/Umbrien, 1993

Weimar 1994

71 von links: Michael Krüger, Peter Handke und Petrarca-Preisträger Helmut Färber in Weimar, 1994

72 Im Wittumspalais in Weimar, 1994

73 Im Wittumspalais in Weimar, 1994

74 Mit Sophie Semin und Léocadie in Weimar, 1994

75 Pressegespräch im Garten von Schloss Belvedere in Weimar, 1994

76 Mit Gustav Januš auf dem Weg zum Mont Ventoux, 1995

77 von links: Peter Handke, Alfred Kolleritsch, Michael Krüger, Peter Hamm, Hubert Burda vor einem Gemälde von Barbara Honigmann, Provence, 1995

78 Im Weingut Château Bas in Vernègues/Provence, 1995

79 Beim Kirschenpflücken auf dem Weingut Château Bas, 1995

III.
1998–2008

80 Im Garten von Schloss Maurach am Bodensee, 1998

81 Mit Hubert Burda im Garten von Schloss Maurach am Bodensee, 1998

82 Im Garten von Schloss Maurach am Bodensee, 1998

83 Schloss Meersburg, Bodensee, 1998

84 In der Johanniskirche in Bächlingen, 1999

85 Im Park von Schloss Schleißheim, 2002

86 Mit Xaver Bayer im Park von Schloss Schleißheim, 2002

87 Heidelberg, 2003

88 von links: Stephan Sattler, Jan Assmann, Peter Hamm und Peter Handke
im Garten von Haus Buhl in Heidelberg, 2003

89 von links: Stephan Sattler, Katja Flint und Peter Handke in Heidelberg, 2003

90 Freistadt, Unteres Mühlviertel, 2004

91 Im Garten des Haydn-Hauses, Eisenstadt/Burgenland, 2005

92 Bootsfahrt am Neusiedler See / Pannonien, 2005

93–95 Am Neusiedler See, 2005

96 Mit Peter Hamm in Eisenstadt, 2005

97 Tagebuch, 2005

98 An der Donau, Stromkilometer 1918, Alberner Hafen in Simmering, 2005

99 Im Haus von Hubert Burda am Tegernsee, 2007

100 Am Tegernsee, 2007

101 Mit Angela Krauß am Tegernsee, 2007

102 Mit Peter Hamm am Tegernsee, 2007

103 Am Tegernsee, 2007

104 Am Tegernsee, 2007

105–107 Im Schloss Maxlrain, 2008

108 von links: Peter Hamm, Katharina Pektor, Peter Handke,
Alfred Kolleritsch bei Hubert Burda am Tegernsee, 2008

109 Im Tegernsee, 2008

110 Am Tegernsee, 2008

IV.

2009–2014

111 Offenburg, 2009

112 Hubert Burda, Friederike Mayröcker und Peter Handke, Offenburg, 2009

113 Schloss Langenstein im Hegau, 2010

114 Mit den Petrarca-Preisträgern Erri De Luca (links) und Pierre Michon in Salem, 2010

115 Schloß Maurach am Bodensee, 2010

116 Mit Pierre Michon im Garten von Schloss Maurach am Bodensee, 2010

117 Uhldingen-Mühlhofen am Bodensee, 2010

118 Blick auf Kloster Birnau, 2010

119 Bruneck, im November 2010

120 Bruneck, im November 2010

121 Mit Fabjan Hafner im Kloster Benediktbeuern, 2011

122 Kloster Benediktbeuern, 2011

123 Kloster Benediktbeuern, 2011

124 Im Hotel in Bietigheim, 2012

125 Mit Petraca-Preisträger Kito Lorenc im Hotel in Bietigheim, 2012

126 Mit Kito Lorenc in Bietigheim, 2012

127 Mit Ulrich Raulff im Deutschen Literaturarchiv in Marbach, 2012

128 München, 2013

129 Vor dem Haus der Kunst in München, 2013

130 München, 2013

131 Mit Sophie Semin im Nationalmuseum in München, 2014

132 Mit Petrarca-Preisträger Franz Mon im Nationalmuseum in München, 2014

V.

2015–2019

133 München, 2017

134 Ausstellung in Stift Griffen, Griffen, Februar 2018

135 Mit Sophie Semin in der Ausstellung in Stift Griffen, Griffen, Februar 2018

136 von links: Bürgermeister Josef Müller, Josef Winkler, Sophie Semin und Peter Handke, Griffen, 2018

137 Sophie Semin und Peter Handke, Griffen, 2018

138 Griffen, Februar 2018

139 von links: Peter Handke, Rachel Salamander und Michael Krüger
im Literaturhaus München zu Ehren von Hanne Lenz, 2018

140 von links: Peter Handke, Alexander Kluge und Helmut Färber
beim Sommerfest von Hubert Burda, 2018

141 Mit Sophie Semin in der Bayerischen Akademie der Schönen Künste, München, 2019

142 Im Lyrik-Kabinett München, 2019

143 In der Bayerischen Akademie der Schönen Künste, München, 2019

VI.
Chaville
November 2024

144 In der Allee

145

PARTIZA
1945
VUOSI

Peter Handke Der Große Fall
PETER HANDKE L'AMBULANTE
Alla finestra sulla rupe, di mattina Peter Handke
Peter Handke Don Juan (ve vlastním podání)
Peter Handke Der Chinese des Schmerzes
Peter Handke La por del portier davant del penal
ХАНДКЕ
Медленное возвращение домой
Peter Handke Il mio anno nella baia di nessuno
Garzanti
In una notte buia uscii dalla mia casa silenziosa
Peter Handke/Végre egy kínai
Peter Handke • Nauk gore Sainte-Victoire
FRANVARON PETER HANDKE
INTERVISTA SULLA SCRITTURA
LA RIPETIZIONE
Peter Handke Die drei Versuche
PETER HANDKE EL MIEDO DEL PORTERO
LA AUSENCIA
My Year in the No-Man's-Bay
Walk about the Villages
Peter Handke Langsame Heimkehr
CANTO ALLA DURATA
DIE ABWESENHEIT

146

Peter Handke
Peter Handke Mijn jaar in de Niemandsbaai
de Prom
Peter Handke In einer dunklen Nacht ging ich aus meinem stillen Haus
Suhrkamp
Peter Handke Langsame Heimkehr
Peter Handke Die Abwesenheit
Peter Handke Das Spiel vom Fragen
Peter Handke Zurüstungen für die Unsterblichkeit
Peter Handke Die Wiederholung
Peter Handke Lucie im Wald mit den Dingsda
Peter Handke Unter Tränen fragend

147

148

149 Der kleine Schreibtisch

150 Blick vom Schreibtisch aus dem Fenster

151 Blick aus dem Fenster

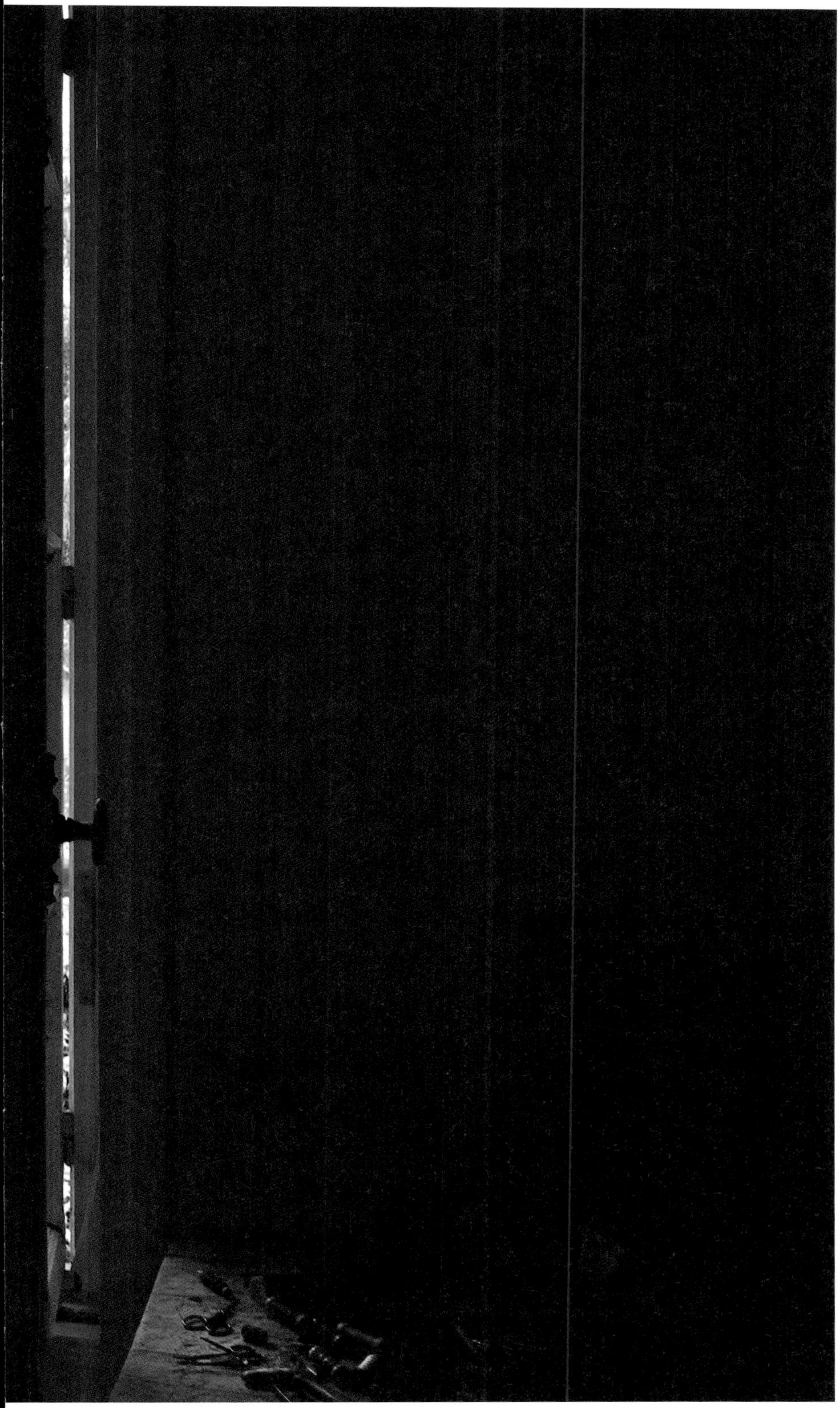

Zitate

aus Werken und Interviews von Peter Handke
ausgewählt von Isolde Ohlbaum

1 Vor dem Fotoautomaten auf ein Foto warten; dann käme ein Foto mit einem andern Gesicht heraus – so finge eine Geschichte an.

2 Schön: seine Geschichte, seine Vorgeschichte plötzlich nicht mehr zu fühlen, nicht mehr das jetzige Glück bestritten zu fühlen durch das, was man früher, als Kind, Heranwachsender usw., einmal war.

3 Zum Himmel schauen, da ziehen die Wolken, und denken: Nein, ich werde nie Selbstmord begehen.

4 „Sie sind frustriert." – „Wie soll ich frustriert sein, ich habe ein paar Bücher neben meinem Bett liegen, auf die freue ich mich schon."

5 Sich etwas andres vorstellen können, etwas andres nachfühlen können, Lust auf andre Orte und eine andre Zeit zu haben, überhaupt wieder denken zu können, das empfinde ich heute fast als eine Art Gnade.

6 Das Wichtigste: die Geschichte nicht für sich reklamieren, sich nicht von ihr definieren lassen, sich nicht auf sie herausreden – sie verachten, in denen, die ihre persönliche Nichtigkeit mit ihr kaschieren – und doch sie kennen, um die andern zu verstehen und vor allem zu durchschauen.

7 Ich bin meistens zu bewußt zum Traurigsein.

8 Warum gewinne ich manchmal meine Ruhe, mein Selbstbewußtsein nur daraus, daß ich andre angreife, daß ich in sie dringe mit Worten, die sie ausziehen, zurechtweisen, zerstören?

9 Auf die Selbstaufforderung: „Zieh dich doch endlich aus der Welt zurück!" – „Wenn ich nicht jeden Tag der Welt Herr werde, sterbe ich ja."

10 Ein Epos aus Haikus, die sich dabei aber keinesfalls als solche Einzeldinge bemerkbar machen, ohne Handlung, ohne Intrige, ohne Dramatik, und doch erzählend: das schwebt mir vor als das Höchste.

11 Für einen Augenblick des Tages so leichtsinnig werden, so bewußt seiner selbst in der Landschaft, daß jede Äußerung zu einem Spiel auffordert, und selbst das Nichtstun spielerisch ist: tatenlos sitze ich da und spiele.

12 Ich werde schreibend die Schönheit wiederfinden. Es gibt keine „leere Schönheit", sie gibt immer eine Idee oder läßt eine vergessene wiederkehren; die Schönheit geht immer durch und durch.

13 Die besten sind jene Bücher, die einen immer wieder dazu bringen, innezuhalten, aufzuschauen, in die Gegend zu schauen, tief einzuatmen, sich von der Sonne bescheinen zu lassen – auch wenn diese gar nicht scheint.

14 Was ich manchmal mit der Katze mache, indem ich im Vorbeigehen über ihr Kopfrund streiche, das macht der ziehende Himmel manchmal mit mir.

15 Der „geglückte Tag" wäre ein Tag ohne Bedürfnis nach dem eigenen Spiegelbild, ein Tag ohne mein Zutun: „Heute bin ich da, und es gibt die Natur." Aber am Ende wird derjenige vielleicht doch heilfroh sein, daß der „geglückte Tag" vorbei ist: froh wie nach einer Geisterstunde – denn er hat schließlich Angst gehabt, an der Vollkommenheit zu sterben. (Zuletzt ähnelt das Bild des Glücklichen dem des Geängstigten: es zeigt unendliche Schwäche).

16 „Erinnerung" ist für mich nicht der Duft eines Backwerks oder der Salon der Herzogin, sondern die Tropfen des Regens im Staub des Feldwegs in der Morgendämmerung: es ist der Moment, da „mein ganzes Wesen" immer noch, dreißig Jahre danach, „verstummt und lauscht"; das große Auge und Ohr der Welt ist.

17 Wenn ich von meiner Arbeit gefangen bin, kann ich nichts tun als diese. Alles andere verwahrlost, wird vergessen, geht zugrunde, und der Anblick der herrlichen Frauen wird mir verhaßt.

18 Traum von einer Sprache ohne persönliche Fürwörter, ohne Zeitwörter: „Das Ziehen der Wolken. Das Schweben des Mondes. Das Zeithaben, das Schweigen der Zeit".

19 An manchen Tagen: „Für heute möchte ich schon gestorben sein und morgen wiederauferstehen".

20 Schon oft habe ich mich im Höllenlicht bewegt: es war nie die Finsternis, sondern immer ein Licht, ein Licht ohne einen Lichtblick.

21 Ich überspringe mich selber – und alle bösen (wenn auch noch so treffenden) Gedanken über andere sind vergessen.
Die Farben werden die Dinge, und die Farbendinge bilden den neu-alten Menschenraum; und das Rauschen des Flusses wird das Rauschen des Ursprungs. Diese Farbendinge gehören *mir*, und sie, *einzig* sie, darf ich benennen. Ja, Dichtung ist nur, wenn die Schönheit verkündet wird. Ich muß freilich an die immerwährende, nicht vollendbare, nicht endende Erkenntnis glauben.

22 Mögen es nicht auch die Tiere, daß man langsam mit ihnen umgeht, und daß man ihnen nicht zu nahe kommt? Und so wollen auch wir, daß die Götter langsam mit uns umgehen, und daß sie uns nicht zu nahe kommen?

23 Das Schreiben muß sich ereignen am Rand der Verzweiflung *und* am Rand der Seligkeit (aber immer nur am Rand); und die Worte dann müssen ans Wunderbare *grenzen.*

24 Ich bin oft genug sprachlos: Ja, „oft genug“, um zu wissen, was Sprache ist.

25 Wieder einmal habe ich zu schreiben angefangen, und wieder einmal weiß ich nicht, ob das Schreiben meine Sache ist, oder meine Anmaßung (und doch: nur im Schreiben kann mir die Welt offenstehen: ich blickte gerade auf die weit offenen Bäume vor dem Fenster).

26 Der Wecker weckt nur den Leib; die singenden Vögel vor dem Fenster wecken die Seele. Ich brauchte täglich einen Wecker, der mich an der Seele weckt; der Körper folgt leicht nach.

27 Die Welt, „wie sie ist“, und die Welt, „wie sie sein soll“, das ist kein Gegensatz: die Trauer über das, was ist, zeigt, wie es sein soll.

28 Gestern konnte ich erstmals im Leben leichthin denken, hören, sehen: weder das Gute noch das Böse taten mir in der Brust weh, und so dachte ich auch zum ersten Mal, und mit Freuden: Ich bin kein Schriftsteller mehr. Große Wohltat: alles umgab mich, nichts drang auf mich ein, ich war nur noch der Gehende; und ich konnte denken: „Ich werde nicht mehr schreiben, nur noch es repräsentieren.“ (Wir werden sehen).

29 Ich beende das Jahr mit tintenbeschmierten Händen; und ich schwöre den Sternen und dem Rauschen des Windes die Treue.

30 Winterkälte: offene Tore. Es ist der letzte Tag des Jahres, ich sehe entfernte Liebe in einem Lichtzelt, und möchte wieder einmal ewig leben.

31 Für die Dinge habe ich in meinen Augen fast immer den Brennpunkt, für die Menschen nur ausnahmsweise (und ich gebe mir daran keine Schuld).

32 Zum Schreiben genügt bei mir die Lust nicht; es muß auch die Not dazukommen.

33 In der Verlassenheit habe ich meine Menschheitsträume; sie sind nicht prophetisch, sondern wiederholend.

34 Ich werde mich entschlossen verirren.

35 Die unvergleichliche Sanftheit des Lesens – leider habe ich die als Schreiber oft verloren.

36 Wie schwer ist das Sehen. Und es gibt keine Schule dafür; jeder kann es nur selber lernen, Tag für Tag neu. Aber dann, in der Betrachtung, hat selbst das Schwarz der toten Blätter jetzt ein Leuchten.

37 Einmal bin ich dann in den Farben zu Hause gewesen. Büsche, Bäume, Wolken des Himmels, selbst der Asphalt der Straße zeigten einen Schimmer, der weder vom Licht des Tages noch von der Jahreszeit kam. Naturwelt und Menschenwerk, eins durch das andere, bereiteten mir einen Beseligungsmoment,

den ich aus den Halbschlafbildern kenne (doch ohne deren das Äußerste oder das Letzte ankündigende Bedrohlichkeit), und der Nunc stans genannt worden ist: Augenblick der Ewigkeit. -

38 … Und werde andrerseits nie vom Glück schreiben, geboren zu sein, oder vom Trost in einem besseren Jenseits: das Sterbenmüssen wird immer das mich Leitende, doch hoffentlich nie mehr mein Hauptgegenstand sein.

39 Vor einem schimmernden Wiesenstück, wo ich sofort „Paradiesgarten“ dachte und mir sogar die Maulwurfshügel zunächst „wie in Fernbläue“ erschienen, stellte ich mich selber zur Rede: „Denk nicht immer Himmelsvergleiche bei der Schönheit – sondern sieh die Erde. Sprich von der Erde, oder bloß von dem Fleck hier. *Nenn* ihn, mit seinen Farben.

40 Für mich sind die Orte ja die Räume, die Begrenzungen, die erst die Erlebnisse hervorbringen. Mein Ausgangspunkt ist ja nie eine Geschichte oder ein Ereignis, ein Vorfall, sondern immer ein Ort. Ich möchte den Ort nicht beschreiben, sondern erzählen. Das ist meine größte Lust.

41 Manchmal, in den großen Augenblicken, da die Formen und die Farben, vor allem die vielfältigen Grüns, mir entgegenkommen, -leuchten, denke ich „Es gibt einen Gott!“ – und schrecke zugleich zurück wie bei einer Gotteslästerung.

42 Die Kunst, was gab sie ihm? Den Herzsprung, den Herzsprung zu den Menschen.

43 Ich träume sehr oft von Menschen, die tot sind. In den Träumen leben und sterben sie immer wieder. Der Tod steht jedesmal von neuem bevor. Sie sterben, aber anders, als sie in Wirklichkeit starben.

44 Ich zweifle immer an mir. Aber das Seltsame ist, daß ich gerade, wenn man mich niedermacht, am ehesten weiß, wer ich bin. Sonst weiß ich das nicht.

45 Ich habe mir ab einem gewissen Moment vorgenommen, nur noch das zu tun was mich freut.

46 Ich rechne nicht im Mindesten mit einer Unsterblichkeit. Also das ist mir ein ekelhafter Gedanke, dass man einmal, wenn ich tot bin, jeden Tag meines Lebens durchstöbern könnte.

47 Schreiben ist ja ein Tiefseetauchen, so als holte man aus der Tiefsee das Licht.

48 Es gibt nichts Lebendigeres als ein Buch. Was für eine Herrlichkeit war bei uns zu Haus ein Buch.

49 Wenn ich an Selbstmord denke, sehe ich immer das Bild einer schwankenden Hängebrücke, auf der unser Leben sich abspielt. Ab und zu kann man ein paar Schritte in Sicherheit machen. Dann fängt die Brücke wieder zu schaukeln an. Plötzlich kommt ein Moment zu großer Schwingung … Einen Augenblick später würde man es schon nicht mehr verstehen.

50 Für mich ist der Tod überhaupt nicht natürlich. Ich denke oft, daß ich viel versäumt hab' an Menschen, die gestorben sind, als sie noch lebten, versäumt zu fragen, was ich jetzt fragen könnte.

51 Es ist erstaunlich, wie oft ich verwechselt werde. Vor zwei Tagen hat sich eine Frau auf der Festspieltreppe im Gegenlicht vor mir aufgepflanzt und gesagt, Sie sind doch der Jandl! Da hab' ich gesagt, ja, sicher bin ich der Jandl. Nur mit dem Thomas Bernhard hat mich noch niemand verwechselt.

52 Wenn über mich gesagt wird, er schreibt so schön zögernd, gefällt mir das. Ich will nicht brillant sein. Ich hasse alle Brillianz.

53 Sprache ist ja in aller Regel zerstörerisch. Wenn sie nicht den richtigen Augenblick findet, zerstört sie das Ungesagte. Wer aber bestimmt, wann dieser Augenblick da ist?

54 Mein Ideal ist das Denken und Schauen in der Stille. Mir genügt eine Hütte mit Garten. Ich wollte mir nichts mit dem Schreiben erkämpfen. Das Schreiben selbst war mein Ziel, nicht sein Ergebnis. Es war der Ort, wo ich hinwollte, schon als Kind, in der Pubertät.

55 Ich empfinde keine erotische Nähe zum Bösen. Sicher verachte ich täglich ganz viele Menschen. Aber ich habe keine Sprache dafür. Das bringt mich nicht zum Schreiben, und auch nicht zum Reden.

56 Feindschaft ist ja ein sehr perverses Vergnügen und oft auch lebenshemmend. Sie macht einen so trocken. Man trocknet aus. Das ist nicht die Freude, die ich mir wünsche. Ich habe mir ab einem gewissen Moment vorgenommen, nur noch das zu tun, was mich freut.

57 Gute Literatur kommt aus dem Erleben der Dinge und der Gerechtigkeit diesem Erlebnis gegenüber, aus nichts anderem. Sonst ist es nur Spielerei, Sprachbegabung, und das ist für mich etwas ganz Grausliges.

58 Und diese Welt, die mir da aus den Büchern entgegenschlug, war doch im Gegensatz zu der, in der ich lebte, das eigentliche Leben.

59 Meine Meinung ist, solange ein Schriftsteller nicht entschieden versucht hat, sich zu klären, nicht versucht hat, sich selber zu erforschen, und nicht versucht hat, alle Mogeleien und alle Erklärungen mal wegzutun, kann er nicht ehrlich sein.

60 Ich fühle mich ja doch nicht selbstbewusst und gesichert und abgesichert, indem ich so lebe, wie ich lebe. Das braucht man eigentlich gar nicht zu sagen – jeder Schriftsteller hat doch oft Momente der Angst, und nicht nur Momente: Der ganze Lebens- und Existenzuntergrund ist zeitlebens bestimmt davon, dass er nicht das Richtige tut.

61 Was ein episches Buch und auch ein Gedicht in der Mitte begleitet, muß etwas sein, das man nicht sagen kann. Aber der, der es schreibt, muß spüren: Es ist etwas ganz Großes, Tiefes, Wildes, das durch alle Zeiten geht.

62 Es gibt für mich die Momente, in denen ich wahrnehme, schaue und denke: „Ja, das ist die Welt, das ist es. Ja, das ist der Tag, jetzt kann mir nichts mehr passieren." Und dann soll das weitergehen und auf einmal überschlägt sich alles, wird zu schnell – wie ein Film zu schnell wird und reißt.

63 Ich möchte leben in gutem Sinn. Nicht überleben, sondern weiterleben, weiter, höher.

64 Ich muß einen Weg zurücklegen, um ins Erzählen zu kommen. Jedesmal. Aus dem Stand loslegen, das hab' ich nie können. Hätte ich gerne gemacht, aber es geht nicht.

65 Sowie ich mich dramatisiere, führt mich das ins Elend. Nur wenn ich mich episch sehe, bin ich.

66 Es stimmt nicht, daß so vieles, was einst in Büchern beschrieben, in Bildern dargestellt wurde, „verschwunden" ist. Durch die Bücher und die Bilder *ist* es und wiederholt sich, mittels dieser, in mir, in dir.

67 Über das Existentielle bin ich nie hinausgekommen, glaub ich, das ist immer noch das, was mich am meisten beschäftigt. Was ist Leben? Was ist Dasein?

68 Man hört ja immer wieder: Der was geschrieben hat, fällt dann in ein Loch, oder er fühlt die Leere im Innern. Das ist ganz und gar nicht so bei mir. Bei mir kommt dann die Geschichte zu mir zurück, und dann denke ich: Ja, ich hab's geschrieben. Dieses Gefühl: Ich habe geschrieben, ist eigentlich ein größeres und besseres Gefühl als: Ich schreibe.

69 Ein ordentlicher Schriftsteller, der hat nix zu sagen. Der hat etwas zu schreiben. Der hat etwas zu schreiben, zu umschreiben, zu erzählen. Wenn er etwas zu sagen hat, dann soll er's sagen, aber nicht schreiben.

70 Was ist Zeit? Ohne dass irgendjemand das je wird lösen können, aber es ist schön, das episch vorkommen zu lassen, dass man also nicht sagt: Eine Stunde und zwanzig Minuten. Oder auch was Orte betrifft. Dass man nicht sagt: Das ist zweiundzwanzig Meter weg, wie das bei Simenon – der ist eigentlich ein großartiger Schreiber – immer wieder vorkommt. Sondern dass man es macht wie jene, die früher einmal geschrieben haben: einen Steinwurf weit weg, oder: eine Spanne Zeit. Oder: Während das geschah, lief die – sagen wir – Gießkanne hier im Garten voll Wasser. Das ist Zeit.

71 Ich denke immer wieder so für mich: Wie habe ich mich verändert! … seit ich zwanzig war. Und dann … ab und zu lese ich einen Brief von damals, der kommt mir unter die Augen, oder ich lese meine ersten Erzählungen, und das ist dieselbe Haltung, um nicht das Wort „derselbe Geist“ zu verwenden. Nicht genau, aber fast. Es ist der Rhythmus so ähnlich, wie

die Sätze aufeinander folgen – es ist erstaunlich. Manchmal ist es deprimierend, manchmal ist es ermutigend. Ich weiß es nicht.

72 Ja, das Schreiben hat viel mit Werben zu tun. Es ist ein erotisches Werben. Weiß Gott, wohin das Werben geht, aber es ist erotisch. Ein erotisches Werben, für mich, das epische Schreiben.

73 Und erst eigentlich durch meine Abwesenheit von Österreich, in meinen ersten Schreiberjahren in Deutschland, durch die Entferntheit von meinem Geburtsland, und dann später in Frankreich vor allem, ist mir das Slowenische, vielleicht auch durch das voranschreitende Leben, durch die vergehende Zeit, durch die Landschaft nahegekommen.

74 Wie es Anhänger von Bayer Leverkusen gibt, so bin ich ein begeisterter Anhänger der Liturgie der heiligen Messe. Also, für mich ist das das geheimnisvollste und auch das klügste und schlaueste Zeremoniell, das je erfunden wurde oder das, besser gesagt, sich herausgebildete hat. In diesem Vorgang, in der Dramatik der Messe ist alles, was der Mensch geistig braucht, enthalten. Was natürlich nicht heißt, daß Bücher oder Erzählungen diesen Rohbau, den die Messe liefert, nicht sozusagen mit Farben und Details variieren oder ausfüllen können.

75 Meine ganze Existenz ist eine Verteidigung. Aus der Verteidigung heraus bin ich ein guter Angreifer. Ohne Anlass war ich nie Angreifer. Ich komme immer aus einem Gegenstoß heraus.

76 Die meisten Autoren schreiben heute wie Journalisten. Schon beim ersten Satz denkt man, das könnte auch in der Zeitung stehen, und so geht das dann weiter. Für mich ist Schreiben Forschung, dabei weiß ich nicht, wo man hinkommt. Und was man weiß, vergisst man.

77 Es ist nicht normal, ein Buch zu beenden. Es ist ein unglaubliches Geschenk, ich kann das nicht anders sagen. Ich spüre dann so eine Art Dankbarkeit und auch Ergriffenheit, natürlich auch vor mir selber. Das Ende versuche ich dann eher hinzuziehen, hinauszuzögern. Früher war das nicht so. Aber heute denke ich jeden Tag, wo könnte ich nochmals ansetzen, damit ich nicht zu Ende schreiben muss.

78 Ich wäre gern schwerer, nicht körperlich. Ich wünsche mir, die Schwere meiner Jahre zu verkörpern.

79 Manchmal denke ich, das und das von mir kann nicht vergehen, aber das ist vanitas vanitatum. Dieses Barockgefühl habe ich zunehmend im Alter. Das ist alles nicht sinnlos, aber alles ist eitel Tand.

80 „Was ist Ihr Beruf?" – Ich habe viele Berufe, unter anderem den des Liebhabers." – „Liebhaber von was?" – „Zum Beispiel von alten Hemden".

81 Erste Schneeflocken, erleuchtete Gegenwart; eine Schwingtür ins Paradies; bei einsetzendem Schneefall stadtaus- und landeinwärts gehen.

82 Es gibt keine „steinernen Herzen“ – nur umsteinte, eingemauerte. Sowie aber diese Mauer birst: Halleluja!

83 Schreiben im Ausnahmezustand. Nur solch ein Schreiben darf „Schreiben“ heißen.

84 Wäre es um die Menschheit besser bestellt ohne das Wort, das Bild, den Traum vom „Paradies“?

85 Manchmal erwacht (regt sich) in mir die höchste der Kräfte: die Kraft der Sanftmut; die Kraft zu besänftigen – nur gar zu selten? – oder mit den Jahren doch mehr, und mehr; (Außer die Kraft zu besänftigen).

86 Seid getrost: All das, was euch anschreit und anspringt von den Plakatwänden und den Dächern in Bild und Schrift, ist nicht das Leben.

87 Eine der Giftquellen meines Unmuts: meine Ungerechtigkeit(en). – Aber was ist zuerst? Unmut oder Ungerechtigkeit?

88 Literatur ist allein das, wo das Entdeckerische der Worte Satz für Satz zu spüren ist, und insbesondere in den Übergängen von einem Satz zum Folgesatz, als Herzschlag, als sanfter (besänftigender) – als Herzsprung („der sanfte Sprung“).

89 Die Welt jetzt, diese Welt, ist nicht mehr zu fassen, ist unfaßbar? Und so werde ich vielleicht ungerecht gegenüber dieser Welt jetzt?

90 „Alt bist worden!“ sagte die Mutter gerade zu mir im Tagtraum.

91 Mein Ehrgeiz ist berechtigt; er hat seine Wurzeln; und es ist nicht der Ehrgeiz eines Literaten, sondern der eines Lesers.

92 Eins meiner häufigsten Selbstgespräche: „Besser, es geschieht dir Unrecht, als es sei die Welt ohne Gesetz“.

93 Seltsam, und wiederum seltsam: Was ich so lange verachtet habe, als Sache wie auch als Wort, das Glück, „das Glück“, das erlebe ich nun im Altern, splitterweise, schluckweise – dann und wann „ein Schluck Glück“.

94 “Die Literatur ist ewig”: frommer Wunsch oder Gedanke? - Frommer Wunsch wie Gedanke.

95 Lesen, das ideale Nichtstun, vielem Tun überlegen – Überlegen? – Voraus.

96 Jahre ist es her, daß der kleine Wandspiegel im Haus verschwunden ist, und immer noch bleibe ich unwillkürlich vor der leeren Wand stehen, um mich im Spiegel zu sehen.

97 Unwillkürliches Wünschen, das gibt es. Ich merke erstmals, daß ich, immer wieder, an jemanden denkend, ihm unwillkürlich wünsche, er möge im Moment Gleiches oder Ähnliches sehen, hören, spüren wie ich gerade.

98 Es gibt keine Steigerung(sform) von „schön“, kein schön-schöner-am schönsten. Schön ist schön ist schön. – Höchstens gibt es ein „anders schön“? – Nein, auch das nicht.

99 Die arabische Schrift auf den Flügeln des Schmetterlings – Lesen ohne Entzifferung -, weiß auf Schattenschwarz, von rechts nach links im Schaukelflug durch die Lüfte.

100 Beim Lesen der “Mappe meines Urgroßvaters“ geht mir, befreiend, auf, daß ich die meisten der Bücher, die mir über die Jahrzehnte etwas bedeutet haben, gar nicht brauchte, nicht brauche, nicht gebraucht haben werde; Stifter aber wohl, in sämtlichen Zeitformen.

101 Wörterbuchmärchen: Als ich, nach fünf, sechs Tagen zum ersten Mal wieder das alte Wörterbuch „Griechisch – Deutsch“ aufschlug, flüsterten die gar dünnen Seiten mir ein Willkomm zu. – Flüsterten? – Knisterten. Und ein Nußschalenduft steigt auf aus dem Buch.

102 Zähle ich meine Tage erst jetzt im Altern? – Nein, ich zähle meine Tage seit eh und je.

103 Eine Art Totengedenken (der „meinigen“ Toten): sich vor dem Spiegel in die Augen schauen, lange – lange.

104 Unwillkürliches Selbstgespräch: „Bin ich noch, oder war ich schon?“

105 Mein Gesicht im Spiegel: zeitweise blicke ich auf es zurück als auf mein Gesicht von früher, sehr früher. Und zeitweise blickt es, mein Gesicht von sehr früher, unversehens mir im Spiegel voraus, weit voraus, zeitweise. O Zeitweise.

106 Ein Anflug von Größenwahn täglich tut gut. – Sowie es beim Anflug bleibt.

107 Einmal am Tag gehe ich mir, regelmäßig, unregelmäßig, verloren. Und in der Regel habe ich mich dann wieder eingeholt. Liebe Zwillinge!

108 „Welchem Club möchten Sie angehören?“ – „Dem Club der Anonymen Einsamen“.

109 Für manche Tage meines Lebens galt: Ich hab’s verscherzt mit mir selber. – Ganze Tage? – Na, für gewisse Momente – auch Stunden – und dann und wann auch einen ganzen lieben Tag.

110 Existenznachweis: sich täglich nah dem Tod zu spüren.

111 Goethe hat gesagt: Das Leben ist kurz, aber die Tage sind lang. Der Tag ist lang. Vor allem am Nachmittag kommt ein Moment, wo die Bewegung des Lebens nicht mehr sicher ist. Es nebelt. Es ist der Weg nicht mehr vorhanden. Am Abend geht es wieder.

112 Ich bin nicht einer, der sagt, einem Schriftsteller ist alles gestattet. Der kann ruhig auch zwielichtig sein. Nein. Ich bin dafür, dass ein Schriftsteller versucht, auch als Mensch gut zu sein. Anders geht das nicht.

113 Die beschwingten Expeditionen, die Forschungsreisen der Literatur sind etwas Herrliches. Ich denke immer - oder besser, es denkt sich so manchmal in mir -, dass am Schlimmsten, was heute passiert, die Pervertierung der Sprache schuld ist. In der Musik, in der Malerei, im Film kann das Dauerhafte gar nicht so herausmusiziert werden wie in der Sprache. In ihr ist eine stille Musik.

114 Ich war im Internat und dann später im humanistischen Gymnasium, und in den zwei Jahren, in denen ich noch dort war, bevor das Studium angefangen hat, habe ich keinen getroffen, der gelesen hat …

115 In den sogenannten großen Zeitungen kommt die Literatur nicht mehr vor, höchstens in kleinen, entlegenen Bemerkungen spürt man noch das Lesen. Das Lesen zu spüren von jemandem, der über Bücher schreibt, das ist das Eigentliche.

116 Wenn ich nicht Leser gewesen wäre, würde ich nie, nie diese Melodie des Schreibens gefunden haben. Heute gibt es viele, die schreiben, und man kann sehr gut vortäuschen, dass es Literatur ist. Aber man spürt, dass sie überhaupt nicht lesen. Und für die Kritiker gilt das noch mehr.

117 Heut muss ein Buch immer auf der Höhe der Zeit sein, dauernd muss es donnern, Atombomben müssen fallen und Frauen vergewaltigt werden. Das Geschehen in meiner Geschichte ist aber etwas anderes als das historische Geschehen. Die sind ganz entgegengesetzt, ein Licht von woandersher. Helle Aufregung, keine finstere. Wie Goethe sagt: "Der Dichter ist aufgeregt."

118 In der Epoche „Es war einmal", als das Wünschen noch geholfen hat, kam es vor, daß, sooft ich mich nicht am Platz, oder überhaupt ohne Platz fand, ich mir einen Leib-und-Seelen-Engel wünschte, mich hinten am Schopf zu packen, und weg mit mir, mit uns beiden, anderswohin – irgendwohin – jenseits der Grenzen, ins Namenlose. Und solch ein Wünschen hat, in der Regel, auch geholfen, auch wenn ich selber den Schopflüpfengel gab, und der namenlose Ort jenseits der Grenzen allein in meinem Innern sein Wesen trieb.

119 Seit den frühen Anfängen ist es der Jugend erster Blick, der mich führt. Bis heute. Wenn ich nicht mehr weiter weiß, werde ich mich an den Waldrand setzen und dem Wind zuhören.

120 Ich wollte mich hinausschreiben aus einer Welt, die nicht meine war.

Quellenverzeichnis der Zitate

Das Gewicht der Welt.
Ein Journal (November 1975–1977) .
© 1977 Residenz Verlag, Salzburg und Wien

1 GdW 15
2 GdW 16
3 GdW 17
4 GdW 19
5 GdW 20
6 GdW 20
7 GdW 21
8 GdW 32

Die Geschichte des Bleistifts.
©1982 Residenz Verlag Salzburg und Wien

9 GdB 28
10 GdB 79
11 GdB 84
12 GdB 89
13 GdB 99
14 GdB 117
15 GdB 126
16 GdB 145
17 GdB 167
18 GdB 202
19 GdB 223
20 GdB 280
21 GdB 287
22 GdB 292
23 GdB 322
24 GdB 341
25 GdB 354
26 GdB 358
27 GdB 370
28 GdB 374
29 GdB 375
30 GdB 375

Phantasien der Wiederholung.
© 1983 Suhrkamp Verlag. Frankfurt am Main

31 PhW 39
32 PhW 69
33 PhW 84
34 PhW 99

„Am Felsfenster morgens“
(und andere Ortszeiten 1982–1987)
© 1998 Residenz Verlag, Salzburg und Wien

35 Ffm 557
36 Ffm 625

Die Lehre der Sainte-Victoire.
© 1984 Suhrkamp Verlag, Frankfurt am Main

37 LS-V 24
38 LS-V 40
39 LS-V 104

„Aber ich lebe nur von den Zwischenräumen“
Gespräche mit Herbert Gamper
© 1987 Ammann Verlag AG, Zürich – 1990
Suhrkamp Verlag, Frankfurt am Main

40 Seite 19

Gestern unterwegs.
Aufzeichnungen November 1987-Juli 1990.
© 2005 Jung und Jung, Salzburg und Wien

41 GU 446
42 GU 545

Gespräche mit André Müller (geführt 1988),
abgedruckt in *DIE ZEIT* am 3. März 1989
43, 44, 45, 46, 47, 48, 49, 50, 51, 52, 53, 54,
55, 56, 57

Gespräch mit Heinz Ludwig Arnold
text + kritik Nr. 24/24a,
© Edition *text + kritik* GmbH
58, 59, 60

61 u. 62 „Standard" Wien 11.10.1991
63 u. 64 „Frankfurter Rundschau" Silvester 1994
65 „Stuttgarter Zeitung" 11.11.1995

Gespräche mit Peter Hamm 2002
„Es leben die Illusionen – Gespräche in Chaville und anderswo",
© 2006 Wallstein Verlag, Göttingen

66 56
67 59
68 71
69 76
70 77
71 99
72 110
73 122
74 131

Gespräch mit Klaus Kastberger und Elisabeth Schwagerl am 1. April 2009,
„Es gibt die Schrift, es gibt das Schreiben"
in *Peter Handke – Freiheit des Schreibens – Ordnung der Schrift*, hrsg. von Klaus Kastberger,
© 2009 Österreichisches Literaturarchiv der Österreichischen Nationalbibliothek,
PROFILE Band 16

75 13
76 13
77 30
78 *Die Weltwoche* 46/2012
79 *Die Weltwoche* 46/2012

Innere Dialoge an den Rändern 2016–2021,
© 2022 Jung und Jung, Salzburg

2016: 80
2017: 81, 82, 83, 84, 85, 86, 87, 88
2018: 89, 90, 91, 92, 93
2019: 94, 95, 96, 97, 98, 99, 100, 101, 102
2020: 103, 104, 105
2021: 106, 107, 108, 109, 110, 111, 112

Interview mit Heinz Sichrovsky
NEWS 29.2.2024
113, 114, 115, 116, 117

Schnee von gestern, Schnee von morgen
© 2025 Suhrkamp Verlag AG, Berlin
118 60/61

119 *Neue Zürcher Zeitung*, 8. April 2025
120 *Neue Zürcher Zeitung*, 8. April 2025

Biographien

PETER HANDKE, geb. 1942 in Griffen, Kärnten, studierte Jura in Graz, bevor er 1963 im Grazer Rundfunk erste Kurztexte veröffentlichte. Mit dem Theaterstück *Publikumsbeschimpfung* und einem provokanten Auftritt bei der Tagung der Gruppe 47 in Princeton gelang ihm 1966 der Durchbruch als Autor, *enfant terrible* und Popstar der deutschsprachigen Literaturszene.

Zu seinen bekanntesten Werken gehören die Prosaschriften *Die Angst des Tormanns beim Elfmeter* (1970, verfilmt von Wim Wenders), *Der kurze Brief zum langen Abschied* (1972), *Wunschloses Unglück* (1972), *Die linkshändige Frau* (1976), *Die Geschichte des Bleistifts* (1980), *Über die Dörfer* (1981), *Versuch über die Müdigkeit* (1989), *Mein Jahr in der Niemandsbucht* (1994), *Eine winterliche Reise zu den Flüssen Donau, Save, Morawa und Drina* (1996), *Die schönen Tage von Aranjuez* (2012, verfilmt von Wim Wenders), *Versuch über den Pilznarren* (2013) sowie die Theaterstücke *Kaspar* (1967), *Die Unvernünftigen sterben aus* (1973), *Die Stunde, da wir nichts voneinander wussten* (1992) und sein Drehbuch zu *Der Himmel über Berlin* von Wim Wenders (1987).

Peter Handke wurde mit zahlreichen Preisen wie dem Georg Büchner-Preis (1973), dem Großen Österreichischen Staatspreis für Literatur (1987), Heinrich-Heine-Preis der Stadt Düsseldorf (2006), Thomas-Mann-Preis der Bayerischen Akademie der Schönen Künste (2008), Mülheimer Dramatiker-Preis (2012) und Nestroy-Theaterpreis ausgezeichnet, um nur einige zu nennen, und erhielt 2019 den Nobelpreis für Literatur. Er lebt in Chaville bei Paris.

ISOLDE OHLBAUM besuchte Anfang der 1970er Jahre die Bayerische Staatslehranstalt für Photographie. Zunächst journalistisch tätig, machte sie die Portraitphotographie schon bald zum Schwerpunkt ihrer Tätigkeit und avancierte zur „Schriftstellergesichtsforscherin“ (Michael Krüger), die fast alle Autoren und Autorinnen der Gegenwart, ob Nachwuchstalent oder Bestsellerautoren mit der Kamera festgehalten hat und mit ihren Bildern international Erfolge feiert. Ende 2025 übergibt sie ihr Archiv der Photosammlung der Bayerischen Staatsbibliothek München zur Aufbewahrung und weiteren Betreuung.

FRANK WIERKE, geboren 1968 in Unna/Westfalen, studierte Film an der FH für Design, Dortmund. Als freiberuflicher Filmemacher für Kino und TV schuf er u. a. Dokumentationen über Persönlichkeiten und Themen des literarischen Lebens, etwa Michael Hamburger, (ausgezeichnet mit dem arte Preis für den besten deutschen Dokumentarfilm 2007), Kjartan Hatløy (2017), Michael Krüger (2022) oder den Petrarca-Preis (2024).

Peter Handke – Auswahlbibliographie

Die Hornissen. Roman, 1966
Publikumsbeschimpfung. Schauspiel, 1966
Kaspar. Schauspiel, 1967
Das Mündel will Vormund sein. Schauspiel, 1969
Die Angst des Tormanns beim Elfmeter. Erzählung, 1970
Der kurze Brief zum langen Abschied. Erzählung, 1972
Wunschloses Unglück. Erzählung, 1972
Die Unvernünftigen sterben aus. Schauspiel, 1974
Die linkshändige Frau. Erzählung, 1976
Über die Dörfer. Dramatisches Gedicht, 1981
Der Himmel über Berlin. Drehbuch mit Wim Wenders, 1987
Versuch über die Müdigkeit. Essay, 1989
Die Stunde, da wir nichts voneinander wussten. Schauspiel, 1992
Mein Jahr in der Niemandsbucht. Ein Märchen aus den neuen Zeiten. Erzählung, 1994
Eine winterliche Reise zu den Flüssen Donau, Save, Morawa und Drina oder Gerechtigkeit für Serbien. Reisebericht, 1996
Zurüstungen für die Unsterblichkeit. Schauspiel, 1997
Don Juan (erzählt von ihm selbst). Erzählung, 2004
Die schönen Tage von Aranjuez. Schauspiel, 2012; Drehbuch mit Wim Wenders 2016
Versuch über den Pilznarren. Eine Geschichte für sich. Erzählung, 2013
Die Obstdiebin – oder – Einfache Fahrt ins Landesinnere. Roman, 2017
Zdenek Adamec. Schauspiel, 2020
Schnee von gestern, Schnee von morgen. Bühnenstück, 2025

Personenregister

Dank

Der Verleger dankt Sophie Semin-Handke, Paris, für freundlich gewährte Hilfe. Peter Handke, Chaville, und Isolde Ohlbaum, München, danke ich für ihre beharrliche Arbeit an dem Buchprojekt und dessen Zustandekommen sowie für 50 Jahre Geduld und Ausdauer bei der Fertigstellung dieser photographischen Dokumentation.

Isolde Ohlbaum hat Peter Handke nicht nur photographierend, sondern auch lesend über all die Jahre begleitet und eine Sammlung von 120 Zitaten aus den Schriften des Dichters und veröffentlichten Gesprächen für diesen Band zusammengestellt. Peter Handke sei an dieser Stelle für die Genehmigung gedankt, diese Zitate hier abdrucken zu dürfen.

Mein Dank gilt auch Frank Wierke für sein Vorwort und den Mitarbeitern des Verlags: Birgit Mayer, Regine Kaiser und Roland Hepp für Lektorat, graphische Gestaltung und Herstellung.

Lothar Schirmer

Lithographie: Bayermedia, München
Druck und Bindung: DZS Grafik, Ljubljana

ISBN 978-3-8296-1034-6

Eine Schirmer/Mosel Produktion
www.schirmer-mosel.com